별의
이마를
짚다

별의 이마를 짚다

김봄서

나의 시는 일기다.
반성문이며
기도다.
그리고 편지다.
거반 그렇다.

허투루 살고 싶지 않은데
가끔 내 선택들이 버겁고 어려울 때가 있다.

그래서 나는 시를 쓴다.
일기처럼,
반성문처럼,
기도하며
편지를 쓴다.

오늘 여기 그것들을 부끄럽게 내민다.
용기를 내는 이 작업은 또 다른 나의 선택이며
꿈의 별 한 조각이기도 하다.

이곳에 들러 주신 당신을 축복합니다.

2019년 견우직녀 달에

싱그러운 야채 주스 맛이 나는 영월에서

김봄서 올림

목차

제 1 부

|||||||||||||||||||

견고한 닻

하마터면 시력을 잃을 뻔했다
생을 통틀어 그렇게 긴장해본 적이 없다

온 힘을 다해 대지를 밀어 올리고
처음 하늘을 만나던 날,
빛살 저민 거대한 바다가 내게로 왔다
푸르고 깊고 넓었다

두 눈을 꼭 감았다
아득한 현기증이 밀려왔다
바닥에 머리를 더 깊이 묻었다
바람이 지날 때 또 멀미가 날지도 모르는 일이었다

어둠이 깊을수록 간절했던 그리움을 찾기 위해
감은 눈을 천천히 떠야 했다

흙의 심장과 물의 피부가 만져졌다

발끝에서부터 정수리까지

태초에 만났던 우리의 기억이 리셋되었다

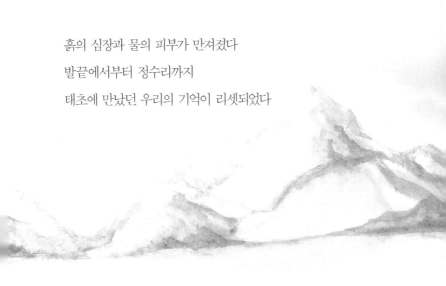

봄

수없이 옹알이를 삼기던 눈보라가

어디론가 떠나 버렸다

말문이 트인 대지에

꽃의 언어가 시작되었다

봄^{春}, 봄^{見}, 봄^{bom}

봄이 왔다

볕의 이마를 짚다

영화를 먹다

일요일 밤 9시 영화를 배달시켰다
진흙 족발을 먹는 심정으로 영화를 뜯었다
야식을 먹듯 영화를 먹었다
맵고 짜고 달고…
인생의 맛이다
가끔은 자극적이고
가끔은 작위적이다

다음엔 영화를 뜯으며 족발을 봐야겠다

꽃 피지 못한 꽃

오랜 가뭄,
근육의 힘도 빠지고
신음소리마저 잦아들었다
하늘의 기운이 근육에 닿기도 전에
한 생이 다 자라지 못한 언어로 이별을 고한다

안절부절
아무것도 할 수 없다
젖은 눈으로 기도를 한다
부디…
부디…
애끓는 기도가 짧은 생을 더듬는다

어린 것은 몰라서일까
한 번도 제대로 살아보지 못한 삶을
후회하지 않는 눈빛이다

부디…
부디…

당부를 한다
그 기도가 스며들기까지
달이 숨을 죽이고 있다

점점
그는 낙타의 무릎이 되고
나는 사막을 건너고 있다

탱자나무

달의 등을 돌려세웠다
눈물을 들키고 싶지 않았다
가끔 가시에 찔려
온몸이 욱신거리는 것 같았다

성미가 참 고약해서
애써 수습해보려 하지만
그럴수록 더 깊이 파고들었다

가끔 쓸모없다는 생각이 들고
사라져 버리고 싶을 때도 있지만
세상에서 나를 제일 사랑하는 사람은
결국 나인 것 같아
뿌리 없는 나무에 가지를 친다

더러는 달팽이처럼
혼자서 꼼지락거리다가
뚜껑 닫고 들어가 죽은 것처럼
오랫동안 잠을 자고 싶을 때도 있다

선택한 결과를 기꺼이 견뎌야 하는
자발적 고립,
남들은 '바보'라고 했다
그러나 나는 '천치'다

하늘 문신이 소름처럼 돋아나고
눈물의 나이테가 허공을 찔렀다
툭, 툭, 툭
별이 떨어졌다

별의 이마를 짚다

별이 아파 입맛을 잃었다
여우비로 한소끔 가신 너럭바위 위에
쏟아진 햇살을 긁어모아 쿠키를 빚었다

고스스,
소금을 두어 꼬집 넣고
바람이 반죽을 한다

자꾸만 감겨드는 눈,
현기증에 까무러치는 별의 이마를 짚어 본다
방향을 잃고 한참을 헤맸다
도대체, 올 들어 벌써 몇 번째인지 모르겠다

햇살 쿠키 한 조각을 꺼내
바람을 맛본다
결핍으로 퀭한 눈이
한동안 나를 쳐다보다
별을 씹는다

물컹, 술 냄새가 났다

계절이 멱을 감을 때

이른 아침 팔괴리로 넘어가는
영월화력발전소 앞 동강 가에서
계절이 멱을 감고 있다

새 계절을 만나러 가나 보다
물안개를 휘적휘적 제치고,
입술엔 도라지꽃이 피었다
진저리를 칠 때마다 향기가 났다

아침의 이마를 짚어 보던 햇살이
안개를 걷어내고 나면
달빛이 별빛을 끌고 태화산을 오른다

바람에 단련된 계절이 당도하고
둥 둥 둥
고구려성에 북소리가 울렸다

삶의 프랙털^{Fractal}

북위 90도 태양의 매장지
별들도 순장되었다
하얀 청춘의 빛이
오래도록 사그라들지 않았다
하얀 혈흔
슬픈 지조에 눈을 뜰 수 없다

땅마저 하늘 되게 하는
정지된 언어를 기억하기 위해
꿈속에서도 기도를 올린다

별들의 혈흔을 모두 삼키고 나서야
땅에 혈기가 돈다
나무에도 솜털이 돋아나고
별을 닮은 꽃송이 실눈을 뜬다

삶의 허리 풀기

밥 못 먹고 매달렸는데도 안 풀리는 날이 있다

때를 놓친 영혼을 위해
집밥 한 숟가락 떠먹이고 싶은 날,
그리움을 발라내어 고향으로 튄다
엄마의 기척보다
집의 곰팡내가 먼저 기어 나와 마중을 한다

구석구석,
똥 마려운 강아지처럼 추억의 영역을 핥아댄다
혼자만의 의식을 치르는 사이
부엌에선
엄마 냄새인지 밥 냄새인지 모를
나른한 밥상이 차려진다

듬뿍 퍼 올린 한 술,
이 순간 허울 좋은 산해진미는
가난한, 이 한 수저만 못 하다
허겁지겁 머슴 밥을 퍼먹고
허리를 푼다

세상의 허리도 풀렸다

쇼베 동굴[*]

태고의 탯줄에서
양수가 터졌다

삼만사천 년 전 인류의 흔적,
별이 뜨겁다

역사라는 이름으로 박제되어
현세와 맞닿은 벽은
가쁜 숨을 몰아쉬고 있었다

끓는 이마를 짚어 보았다
삶의 온도,
발화된 시간은
꺼지지 않았던 것이 분명하다
치열한 살 냄새가 났다.

여전히 별은 빛나고 있었다
그곳에서 별은 새까맣게 탄화된
몇 만 년의 빛을 품고

별의 이마를 짚다

멀리서 오는 누군가를
기다리고 있었다

---

* 쇼베 동굴-프랑스 남부 아르데쉬 협곡에서 동굴 탐험가 장 마리 쇼베가 발
견한 동굴이다.
탄소연대 측정결과 3만4천 년 정도 된 것으로 지금껏 인류가 발견한 가장 오래
된 동굴이다.

제1부

25

그렇게 엄마가 되는 거란다

눈을 반쯤 감아야 해

가슴은 좀 더 열어야 하고

하이힐은 깊숙이 넣어두고

몸의 핏[fit]을 살려주던 정장 옷도

장롱 속에 잘 넣어 두렴

색조 화장품의 향이 사라진

오래된 원료 냄새를 알게 될 거야

네 옷을 사러 갔는데 돌아올 땐

손에 아이 옷 봉투가 들려 있을 거야

화장실도 달려갔다 오게 될 거고,

아마도 문을 열어 놓고 볼일을 봐야 할 거야

잠이 모자라서 반 정신이 나가게 될 거고,

깜빡깜빡 건망증이 지병처럼 찾아올 거야

하지만 너만 앓는 병이 아니니 너무 걱정은 하지 말렴

많은 엄마들이 앓는 흔한 병이란다

어쩔 줄 몰라 허둥대게 되는 일이 많아지고

어떨 땐 불안하고 조금 무섭기도 할 거야

가끔씩 낯선 거울 속 네 모습에 놀라게 될지도 몰라

제때
제대로 차려진 밥 먹는 날이 적을 거야
그렇게 엄마가 되어 가는 거란다

그런데 이상하지
엄마가 하나, 둘, 셋, 넷, 다섯
어떻게 그럴 수 있었을까 신기하지?
너도 곧 알게 될 거야
엄마에게 아이는
세상에 없는 묘약이고 보물이라는 걸 말이야
햇살 같은 미소 한 줌에 무거운 피로가 단번에 사라지고
솜 꽃 같이 잠든 얼굴을 보면 모든 근심 걱정이 녹아내리지
기운이 없을 때 아이를 보면 힘이 솟는 걸 느끼게 될 거야
아이가 비타민이 되고 보약이지

예전에 없던 용기도 배가 될 거고
'엄마 사랑해요' 한마디에 슈퍼우먼이 될 거야
가끔씩 낯선 네 성격과 능력에 놀라게 될지도 몰라
엄마도 그랬단다

그렇게 아이였던 너희가
엄마를 진짜 엄마 되게 해주었지
기대하렴
엄마도 그랬고
엄마의 엄마도 그랬지
그렇게 엄마가 되는 거란다

엄마의 겨울

능선을 따라 나무의 머리를 깎던 바람이
계족산 멧부리에서 동강으로 쏟아져 들어왔다
온기 없이 감각을 상실한
거친 물의 피부가
살갗을 더듬다 울컥,
긴장한 나머지 바람도 얼어붙었다

모진 시간들을 달이고 달여 고약처럼 썼다는
열아홉 살 엄마의 겨울을 닮았다

금강정에 바람이 호젓하다
호된 시집살이에 애틋한 눈빛 한 번 준 적 없이
무심하게 방관하던 아버지 같다

돌아누운 아버지 베개를 치운 지 오 년,
엄마의 빈 가슴엔 바람만 들어 있다
막내가 사 온 온수매트 하나로 엄마는
기나긴 시간을 녹이고 있다

아버지의 언덕

논 한 마지기도 없이
달랑 텃밭 딸린 집 한 칸 얻어서 제금 나신 우리 아버지,
소작 부쳐 몇 년을 죽을 둥 살 둥 수많은 언덕을 오르내리며
논 몇 마지기를 사들이고는 하였다
몇 년을 또 몇 년을 그렇게
동산 같은 언덕을 꼴이며 쇠똥거름을 져 날랐다

남의 산에 나무를 해서 절반은 주고
절반만 받아 자식들과 겨울을 나고
손이 터지고 발에 굳은살이 박여
물에 불려 다듬어 내곤 했다
껍질만 남은 등에서 무슨 힘이 그리 났을까
아버지 몸집의 대여섯 배는 족히 넘을 짐들을 지고
언덕을 연신 오르내렸다
나뭇짐, 꼴 짐, 거름 짐
다랑이 논길과 산밭을 오르고 올라
아버지만의 정한 언덕을 올랐다

공부해야 할 공부를 하지 못하여
고단한 언덕길 오르는 것이 마땅하다 여기며 살았다
자식들은 좀 쉬운 길 가게 하려고
언덕을 수없이 오르며 고단함을 막걸리로 풀어내었다

회한의 무게가 담겨있는
무제 공책 13권

뒷바라지 힘에 부쳐
아들 셋만 대학 보내고
큰딸은 상고商高 가라 꿈을 꺾어낸 것이
또 다른 언덕이 되었다

꺾은 싹 어디에도 둘 수 없었던지
아버지의 무제 일기장 구석구석에
눈물 누르미 선연하였다

숨결이 바람 될 때

가슴에 별 무덤 하나 만들어 놓고
사십 여년을 자박자박 걸어왔지요
홍매화 흐드러질 때는
더러 후덩덩 바람이 들어
꾀가 나기도 하대요

해가 가고 달이 가도
당최 갈무리 될 기미가 보이지 않더니만
뒤돌아보니 후딱 지나갔더라고요
허구한 날 자발 떨어댄 것도 무안하고
장날 잰걸음에
소락대기 박은 것도 그러해서
탁배기 한잔 청했더니 괘념찮게 거들어 주대요

이젠 장거리에 나서면 천천히 둘러도 보고
더러는 이녁하고 한잔 걸치는 멋도 내자고 했더니
꼬리 내려앉은 두 눈을 두어 번 끔벅 거리대요
억센 속아지 데리고 사느라 고생했다고 한잔 부어 올렸더니
발그레한 농 한마디 치대요

'별 든 가슴에서 올라오는 숨결이 하도 고와서 이적지 그런 거 몰랐다'나요

그날 별 무덤 봉분이 한껏 솟아올라 달에게 좀 쏟아주고 왔네요
그녁의 휘파람 소리도 제법 달대요

바람의 뼈

오후 다섯 시,
4월의 바람이 차다
바람 속에 뼈가 들어 있나 보다
회초리 같다
뉘엿뉘엿 넘어가는 해를 붙잡아 두고 싶다
을씨년스런 몸뚱이를 추스르지 못하고
젖은 눈이 바다를 기어가고 있었다

여물지 못한 별이 바다에 쏟아져
하늘로 오르지 못한 바다는
검푸른 날개를 퍼덕였다
햇살이 남은 바다를 삼켰다

바람이 매질을 했다
저럼한 동정은 거기 두고
차라리 침묵하라고 했다
제 살을 깎던 바위가 숨죽여 우는 팽목항,

솟대 위에 덩그러니 걸려 있는
바람의 뼈를 보았다

제 2 부

||||||||||||||||||||||

남편의 걸음마

남편의 걸음이 심상찮다
불쏘시개에 불이 붙으려다 만 듯
구겨진 허연 머리칼이 당황하고 있다
두세 발짝을 떼다가 주저앉고 만다
다시 시도해 보지만
파도처럼 밀려오는 고통을 만나면
한참을 자지러진다

병원에서는 허리디스크가 파열되어
디스크 액이 흘러나와
신경을 누르는 것이 원인이란다
한 방울의 액에 큰 장정 몸이
제압당하고 말았다
보조기구를 장착한 모습은
흡사 전쟁터에서 돌아온 부상병 같다

다섯 아이 아빠로
한 여자의 남편으로
부모의 장남으로

조그만 사업장의 대표로
이런저런 역할과 삶의 무게가 무겁고 고되었나 보다

걸음마를 막 떼는 아이처럼 흔들린다
주저앉기를 여러 번,
온전한 걸음을 떼지 못하고 있다
급격하게 밀려오는 고통을 쪼개어
몰아쉬는 숨이 뜨겁다

아직은 하늘을 밀어 올릴 힘이 더 필요하다고
젖은 기도로 선처를 구한다
다시 넘어지지 않을 온전한 걸음마는 언제쯤일까
해거름에 떠밀려 일어서는 그의 뒷모습이 낯설어
햇살마저 무너지고 있다

제2부

심쿵 주의보

지난 십이월 구 일 태어난 지 오십이 일 된 외손자
아직 눈의 초점이 서툴다
'언제 이 할미랑 눈도 맞추고
병아리처럼 따라다니며 종알거릴꼬?'
혼자 말을 얼러 덮어본다

그리고는 잠시 티브이 뉴스에 한눈을 파는 사이
나를 쟁여 본 듯하다
눈이 마주치는 순간 씨익 웃는다
심쿵!

한겨울에 만난 노란 개나리꽃이다
병아리가 종종거리며 지나간 듯하다
곧 봄이 올 것 같다
아니,
벌써 봄이 와 있었다

백석의 눈을 맞추다

문득 시선 하나가 오래 머물고 있다는 것을 느꼈다
백석이 물끄러미 보고 있는 것이다
겸연쩍은 안부 인사를 건넸다
아무런 답도 표정도 없다
내가 알아차리자 이내 고개를 돌렸다
나타샤나 자야를 바라보는 시선과 분명히 달랐다

다 늦은 나이에 연필을 깎아 쥐고
필사하고 있는 내 모습이 무모하게 보였을까
뭘 알고나 나선 길인지 걱정이었을까
아니면 가소롭게 여겨 그런지도 모르겠다

무안해진 마음에 공간이 횅해졌다
노트 줄 위에 씨앗을 심는 심정으로
나와 나타샤와 백석을 필사한다

가족끼리 왜 이래

남편은 가끔 경계선 밖으로 나를 밀어 놓고
'가족끼리 왜 이래?' 하면서 뒤통수를 친다
그러다가 불리해지면 슬쩍 뭉개고 들어와서 또다시
'가족끼리 왜 이래?' 한다

자기중심적인 고무줄 같은 말,
가족끼리 왜 이래?

무안해서 토라진 날 복수를 한다
발로 쌀을 씻어 밥을 해 줄까 하고 생각하다가
남편이 벗어 놓은 옷가지를 발가락으로 집어서 세탁기에 집
어넣는다
빨랫방망이 대신 세제를 팍팍 넣고 속이 하얘질 때까지
정신없이 돌린다
따끔한 햇살에 곰살맞을 때까지 널어놓는다
"흥, 가족끼리 왜 이래, 좋아하시네
그래 봤자 당신은 내 빨래야"

따끔한 시

스승이 말한다

요즘 왜 이리 시를 어렵게 쓰는지,
혼자만 아는 표현을 쓰고 있다고 한다
'잘 쓰려고 하다가 보니 그런 것은 알겠는데
시에 멋 부리지 말라' 한다

머리가 하얘지고 열이 난다
마음을 포장하느라 말 조각을 앞세웠다 밑도 끝도 없이,
삶을 대하는 나의 태도였던 것이다
무안함으로 동동거렸다

그렇지,
시는 말장난이 아니고 가슴으로 쓰는 것이다
그래서 시는 아무나 쓰는 것이 아니면서
또 아무라도 쓸 수 있는 것이다 마음으로,

시는 가슴으로 사는 삶이다

은교의 시간

유난히 흰 피부를 가진 일곱 살 은교는
오늘도 하얀 호흡을 고르며 오도카니 앉아있다
누굴 기다리는지
골목 끝 어딘가에서 시선이 잘게 부서진다

잿빛 얼굴을 한 할머니,
은교가 타던 유모차에 박스와 빈 병 몇 개를 싣고 올라온다
그제야 묵직하게 가라앉은 은교 얼굴이 환하게 피어난다

은교가 세 살 무렵 엄마는 산후우울증을 못 이기고 집을 나
갔다
얼마 지나지 않아 아빠마저 엄마를 찾는다고
골목길을 내려간 뒤 돌아오지 않고 있다
그날부터 은교는 할머니가 폐지를 주우러 나가 늦어지면
집 안에 있지 못했다

할머니는 곧 학교에 들어가는 은교의 운동화와 가방을 사주
고 싶다
그런데 요즘 종잇값이 자꾸 떨어지고 줍는 사람도 많아졌다

은교의 초등학교 입학이 다가오면서 할머니는 점점 멀리 나
갔다

유모차에 박스가 가득 실리고 빈 병을 담아도
은교는 안다
그걸로는 다빈이가 신은 운동화와 가방을 살 수 없다는 걸
그래도 은교는 상관없다고 한다

은교를 어쩌지,
할머니만 있으면 된다는데
나 혼자 미리 걱정이다

어둠이 신음소리를 내며 골목을 따라 올라온다

고독 연습

새벽녘 그믐달의 울음소리에 깨었다
별들의 다정함을 이기지 못해 그런 줄 알았다
아니라고 했다
고독을 연습하고 있다고 했다
왜 그런 슬픔을 미리 앓느냐고 물었다
감정에도 근육이 있어 연습을 해두어야 한다고 했다
계절이 질 때마다 점점 더 힘들어서 안 되겠다고 했다
그냥 요즘 자꾸만 더 그래진다고 했다
시작한 지 꽤 오래된 듯하였다

봄이
정분 난 아내처럼 흘겨보며
바람 따라나서던 날을 생각하면 환장한다고 했다
지천에 흘린 눈물 꽃이 강을 만들고
여름이
강을 건널 때도 심란함을 이루 말할 수 없다고 했다
가을이
질 때의 윤슬은
뜬눈으로 지새우는 흐느낌이라고 했다

겨울이

깊어지면 이미 지기 시작한다는 것을 알게 되는데

점점 가슴앓이가 길어진다고 했다

어떤 때는 바람 따라 나선

그 계절의 그림자라도

다시 한번 안아보고 싶을 만큼 그리워진다고 했다

그러다가 가끔 미친 짓을 하게 된다고 하였다

계절을 홀랑 꾀어간 정부인 그 바람이

대나무밭에 자주 든다는 소식을 들으면서 라고 하였다

만나면 해코지할 양 펄펄 뛰던 호기는 어디에 두고

속없이 다 시들어 졸고 있는 바람의 안색을 살피게 되더라고

했다

그에게 계절의 안부가 대신 궁금하여 서성이게 된다는 것이다

그런 속없는 짓을 왜 하느냐고

여기저기서 노발대발이라고 했다

나도 물었다

그가 고개를 떨구고는 말을 잇지 못했다
더 이상 묻지 못했다

사실은 요즘 나도 그러하다
꼭 그러하다
사랑은 슬프다
혼자서 접어야 할 때와 마음을 거둬들여야 할 때
너무 아프다

그래서 연습을 해야만 한다
아마도 오랜 시간이 걸릴 것 같다

바람의 발자국

함백산 만항재에서 바람의 발자국을 더듬는다
해발 1,330m 이불깃을 들추고 고단한 몸을 밀어 넣는다
까슬거리던 마음의 각질이 촉촉하게 젖어든다
종주먹을 쥐게 하던 긴장감,
질척거리던 미련이 삶의 똬리 속으로 밀려들어 간다

시간과 삶에 감금당했던 영혼이 재를 넘고 있다
바람의 허기에 영혼이 체포된 지 오래다
안개로 점령당한 만항재에서 바람이 묶였다

나를 짓는 일

나를 짓고 있다
벌써 꽤 오래되었다
뭘 할 수나 있을까 싶은 돌짝밭 같은 곳에
깃발을 꽂고 터를 닦았다
뗏장을 뽑고 돌을 골라내고 다져 펴는 데 수년이 걸렸다

해거름이 바쁘다
서둘러야 한다
겨우 토방을 치고 주춧돌을 다듬어 앉힌다
기둥을 세우고 대들보가 얹어지고
상량이 올라가고 형태가 잡혀간다
구석구석 바람을 담아 꾸미고 짓는다

두어 평도 안 되는 사람 하나가 지어지는데
호되게도 마디다
언제쯤 부연에 풍경을 달아 바람의 살결을 만져 볼까
대청 큰 마루에 올라 너른 가슴으로 마당을 평정하고
문밖을 향해 호령해 볼까

당찬 서희*의 한끝 시선이 붋다**

---
　*　서희: 토지의 여주인공
　**　'부럽다'의 경상도 사투리

제2부

51

동강의 해산

동강의 진통이 시작되었다
몸을 풀고 있는 것이다
산고의 신음소리
손발이 오그라든다
이 정도의 고통이라도 함께해야
새 생명이 탄생하면
안아 볼 염치가 생기지 않겠는가

만삭의 서강이
남의 일 같지 않은 표정으로
자신의 출산일을 세고 있다
기별 받은 봉래산이
별마로를 미처 여미지도 못하고
내려 다 보고 있다
계족산도 곁눈질을 하며 잠을 설치고 있다
태화산은 귀를 막고 초조한지
연신 짧은 눈 넘김으로
봉래산과 계족산의 안색까지 살피며 동동거리고 있다

가뭇해진 비명소리가
달을 오려 내고 있다

동강의 머리칼이 흠뻑 젖었다
사타구니 사이로 양수가 터지고
곧, 붉은빛 선혈의
생명체 머리가 보인다
동강의 젖은 머리 위로 아지랑이 오르고
물안개가 갓 태어난 봄을 감싸 안고 있다

혼자 밥을 먹다가

퇴근을 했다
깜깜한 집이 낯설다
다섯 아이들로 버글거렸는데
어느새
다 커서 각기 제 갈 길로 가고
집에는 아무도 없다
남편은 아직 바쁘다
이제 익숙해져야만 한다

혼자 밥을 먹는다
티브이를 켜 보지만 그 소리마저 공허하다
반 공기밖에 되지 않는 밥을 먹는데 고역이다
입도 깔깔하고 맛도 모르겠다
길들이기 한참 걸리겠다

낯선 경험이다
문득 혼자 된 엄마 생각이 가슴을 훑는다
'엄마가 집에 티브이를 켜 놓고
빈속을 혼자 찬밥으로 채운 지 이미 오래 되었을 텐데'

죄책감을 발라내고 물에 말아 한술 뜨다가 울컥,

이래저래 목이 메

까스활명수 하나 따 넣었다

전화선을 타고 흐르는 엄마 목소리 따라 체증이 내려갔다

바다의 꽃

바다 꽃이 피었다

바다의 향기를 가득 품고 내게로 왔다
오대양 육대주를 누빈 그의 몸에서
물고기들의 살 냄새가 싱싱하다

파도를 닮았던 그를
바람이 조리질을 하고
달이 어르고 달래며 살폈다
별을 닮은 꽃이 피었다

꽃이 닿는 곳마다
꽃의 성정이 스며든다
억센 것들의 태도가 바뀐다
상냥하고 부드러워진다
상처와 상한 것들을 치료하고 더 이상 상하지 않게 한다

몸속 혈관을 따라 꽃물이 스민다
노폐물을 벗겨내고 길을 낸다
다시 의연히 걸어갈 수 있도록 힘을 준다

그곳에
또다시 사랑의 꽃이 피어나고
우리의 이야기는 계속된다

그 속이 꼭 바다를 닮아있다

변비 걸린 만년필

어느 날,
함께 글공부하는 은서 샘이
똥 싸는 볼펜으로 필사하는 것을 보고
남편이 만년필을 사주었다고 자랑을 한다
여간 부럽다
내 펜 역시 잦은 똥을 싸는 것뿐이기도 하고 해서,
넌지시 남편 옆구리를 찔러 본다
똥 안 싸는 변비 걸린 것으로 좀 필사를 해보았으면 좋겠다고,

역시나 씨알이 안 먹힌다
무슨 만년필로 필사를 하냐고 한다
그게 아닌데…
똥 안 싸는 놈이 만년필만 있어서가 아닌데 말이다
언제나 눈치가 좀 느시려나
하얗게 눈 한 번 흘겨주고
연필을 주어 다 깎는다

불면증

빛도 소리도 잠든 시각,
기억의 분자 구조가 봉인된 시간을 풀고 있다
그 빗장이 풀리고 나면
나는 또 백주대낮,

밤새 만져진 그 많은 것들에 대하여
애틋하게 관여할 말미가 남아 있는지 생각해 본다
슬픈 생각이 돋는다

그림자를 벗기는 아침이 올 때까지
하얗게 바래고 닳아빠진 몰골로
나는 별의 발자국을 따라
섬을 지키고 있었을 것이다
결국,
붉그죽죽하게 시든 낯닳을 만나게 될 것이었다

봄바람

바람이 꽃의 영혼을 담보로 이고 지나간다
봄 향기가 리듬을 타고 있다
벚꽃의 살 냄새로 밤을 설쳤다

달빛에 터진 웃음이 명랑하다
사흘은 짧다
아껴 보고 싶다
오래 두고 싶다

바람이 봄을 지우고
꽃의 시간을 걷어내어도
눈을 부릅뜰 필요는 없다
꽃은 다시 낮은 자리에서 피어나고
나는 오래오래 그 향기를 더듬으며 기도할 것이다

바람이 봄의 발목을 사슬로 감고 있다

제2부

제 3 부

||||||||||||||||||||||

붉은 노을

소나기재에서 붉은 노을을 만났다
장엄하다
태양이 기도하러 들어가는 시간,
차를 세우고 자리에 드는 것을 한참 지켜보았다

몽당 빗자루같이 선한 아버지의 눈썹,
그 아래로 가끔 저런 노을이 비꼈다
넝마 같은 세월이 준 흔적들을 없애기 위해
애쓰다 닳아빠진 군복 바지 한 장,
비가 오는 날에야 처마 밑에 걸리고는 했다
하필 엄마는 해도 없는 날에 빨래를 하는지 이상했었다
비가 오면 월남치마로 갈아입고 엄마의 몸뻬도 나란히 걸렸다
애호박에 부추랑 풋고추를 숭덩숭덩 썰어 넣은 지짐이 두어
장에 막걸리 한 되,
비가 오는 날 거나하게 취기가 오르면
아버지의 눈가엔 붉은 노을이 들었다
사 남매를 앉혀놓고 연신 '미안하다 아버지가 미안하다'를 연
발하다 잠이 들고는 했다

비가 오는 날만 나란히 걸렸던 군복 바지와 몸빼,

그리고 무엇이 그리 미안하다고 했는지,

다섯 아이 어미가 된 뒤 알게 되었다

이제 가끔씩

내게도 그 노을이 스미고는 한다

제3부

산 사람은 살아야지

봄볕이 가르마를 타고 흐르다 귀밑머리에 머문다

쪽빛 사이 물비늘처럼 반짝이는 세월,

애써 노력하지 않아도

살아온 시간만큼 이해시켜 주는 것들이

늘어가고 있다

기쁘다고 해야 할까

서글프다고 해야 할까

참으로 모를 일이다

아버지 돌아가신 지 4년, 의연하던 엄마가 힘들어한다

집에 모시고 와 도닥도닥 마음을 만져 드린 지 사흘째,

사촌 오빠로부터 작은아버지가 돌아가셨다는 소식을 받았다

중풍으로 쓰러지기 전까지

늘 삼촌 같았던 작은 아버지였다

누워 지낸 지 십팔 년이 넘었다

모레가 발인이다

도서관 하나가 또 사라졌다

넋두리에 졸던 고양이가 영문도 모를 텐데
물끄러미 연민하는 눈치다
눈에 들어오는 임박한 이런저런 고지서 뭉치,
고양이의 눈에 든 회색 별이 무안하다

누군가와 부딪혀 서류뭉치를 쏟은 것 같은 날들 앞에서는
좀 더 차분해지지 않으면 안 된다
슬픔을 잘게 부수어 떨어내고 일터로 향한다
오후의 햇살을 옹차게 휘저으며 돌아와
컴퓨터 자판을 찍고 있다

귀밑머리에 땀방울이 먼저 울고 있다

엄마와 티비

엄마는 오늘도 티비를 켠다
티비를 타고 사랑을 심는 우리 엄마,

가뭇없는 언어의 조각들을 끌어안고
엄마의 연기와 대사가 시작된다
손사래도 치고
공감도 하고
누구의 편도 들었다가 대신 싸우기도 한다

설거지를 하던 손길을 멈추고 엄마를 본다
청춘이 시들어 살짝 굽은 등,
그곳에서 길어 올려지는 언어들에
바람구멍이 숭숭 뚫려 가고 있다

핑그르 눈물이 돌아 설거지통에 마저 손을 넣으며
"엄마 그리 재미 있수?" 했더니
티비에서 눈을 떼지 않으며 엄마가 말한다

"그럼 재미있고 말고지,

난 요새 니 아버지 돌아가시고 나서는

티브이가 남편도 되고, 자식도 되고, 친구도 되고 그런다."

왈칵,

결국 다 끝낸 설거지통 속으로

쏟아져 흘러오는 눈물이

잘 씻겨지지 않아서 애를 먹었다

잃어버린 심장

너였니?,
내 심장을 가져간 사람이

새벽 비에 별이 젖었던 거야
뚝뚝 떨어지는 젖은 어깨 위로 현기증 같은 네 마음이 안겼지
신열이 오르고
너는 이내 까마득한 꿈길로 빠져들었어

괜찮아!
비가 그칠 때까지
너에게 내 어깨를 빌려줄 수 있어
달이 분을 바르고 뽀얗게 피어오르면
아마 너도 금세 툭툭 털고 일어날 수 있을 거야

어떻게 알았게?
네가 잠든 사이
내가 아주아주 간절히 기도했거든

힘내!
그리고 고백할 게 있어
나였어,
네 심장을 가져온 사람은

시인과 농부

한 시인이 농사를 짓는다고 하였다
'시를 쓴다면 도서관이 더 어울릴 텐데,
허구한 날 농사를 지으면서
언제 어떻게 시를 쓸까' 생각했다

글쓰기 공부를 다니면서 알게 되었다
시는 도서관보다 논두렁 밭이랑에서 쓰는 게 맞고
시 쓰는 것이 농사와 닮았다는 걸,

씨앗 뿌려 싹을 틔우고
튼 싹을 모두 다 키울 수 없어서 솎아내야 한다
이리저리 모종하고
과감하게 가지를 쳐야 할 때가 있다
접붙이기해야 실해지는 것도 있다
키워야 할 것들을 잘 골라 남기고
다듬어 가는 것이다
그러니 시는 농사를 짓는 것과 같다

시가 배부르게 해주는 농사인지는 아직 모른다

개꿈

개 같은 천성이 바뀔지 모른다
꿈을 꾸던 어미는 숟가락으로 별을 퍼먹이고는 했다
개차반 같은 인생에 어미는 자기의
꿈을 부숴 메였다
개 같은 인생도 정승같이 살 수 있다고
꿈을 먹고 니 애비 반대로만 살라고 당부했다

'개안타고 개안타고' 한사코 손사래 치던 어미가 장바닥에서
꿈을 접고 말았다
갯바람에 짭조름한 눈물 냄새가 섞여 있었다
꿈을 먹고 또 먹고 꾸역꾸역 밀어 넣은 게 얹힌 것이다

개 같은 세상
꿈도 꿀 수가 없다

재회

너의 길은 우주로 통하고 있었던 것이지
기억의 회로를 따라 걸어오는 걸음걸이라고 하기엔
너는 너무 완벽하게 시간을 타고 있었지

나는 너에게로 가고
너는 나에게로 왔어
네가 다시 나에게로 오던 날을 잊을 수 없을 것 같아
내가 아는 단어를 모두 긁어모아도 달리 표현하지 못할 것
같았어

내가 너를 다시 만나기 전에는
야윈 손가락으로 그리움을 깁고
많은 날을 잠들지 못했어
눈물이 났어
내 눈에서 어찌 그리 많은 눈물이 날 수 있는지 신기할 정도
였어
하나 눈물이 식정이 같은 네 마음을 데워 주지는 못했지

그날,

멀리서 네가 내게로 걸어오고 있는 실루엣만으로도

이내 너라는 걸 알 수 있었어

수많은 별이 노래를 불러주고

달이 아무리 달래도 그칠 줄 모르던 울음을

단박에 그치게 만들었어

'조금만 더 늦었더라면 어찌 되었을까' 싶을 만큼

그렇게 너는 너무 완벽하게 시간을 타고

다시 내게로 왔다

꿀 팁^{Tip}

내가 우리 사이 잘 관리하는 꿀 팁^{Tip} 하나 줄게

난 말야
네게 원하는 사랑의 언어가 있어

미안한 일 생겨 혹시 내가 토라지거든
미안하다고 말하면서 백허그를 해주면 돼

또 내가 아주 많이 수고한 날에는 그냥 있으면 안 돼
손잡아 주면서 '수고했어, 고마워'라고 말해줘

그리고 뭔가 선택하거나 결정할 때는 내 의견도 물어봐 줘
가끔 힘들어할 땐 어깨나 등을 빌려줘
아주 또 가끔씩 내가 슬퍼서 울거든
그냥 눈물 그칠 때까지 안아줘

난 말야
너의 사랑의 말과 쓰담쓰담으로 유지되는 사람이야
널 위한 꿀 팁^{Tip}도 가르쳐 줄래
그래야 우리 오래오래 건강하게 행복할 거야

진짜 시인은 시를 쓰지 않는다

진짜 시인은 시를 쓰지 않았다
하늘에 심고 있었다
강원도 평창군 진부면 막동리 어느 펜션의 쥔장이다.

하늘 별 밭 500평,
그가 가진 재산이다
그가 심은 시다
별 농사 참 잘 지었다
초롱초롱 잘도 영글었다

계절이 별빛 아래 음악을 껴안고 있다.
여름과 가을의 블루스,
색소폰 소리가 심장을 훑는다
남은 온기가 초록을 숙성시키고 있다.
단풍이 맛있게 익으면 좋겠다

자꾸만 그 시를 맛보고 싶은 욕심이 생긴다
그날 나는 그만
남의 밭에 몰래 들어가
씨앗 하나 심고 돌아왔다

지명 수배된 하루

날 선 촉각,
편집되지 않은 이야기로 하루가 시작된다
수많은 사람들의 이야기 속으로 걸어 들어간다
굶주린 자존심이 만나는 지점에서 방향을 잃었다

작동을 멈춘 세탁기처럼…
스마트폰도 꺼버리고
닥닥 긁어모은 여분의 하루를 들고,
튄다

얼마나 버틸 수 있을까
체념한 쇼파로 누워있는 사진,
정직하게 말하면 용기가 없다

'봄서 씨를 찾습니다'
스스로 지명수배 전단을 붙인다
거룩한 순응,
싸돌아다니다 들어온 몸에 여름 홑이불 한 장 달랑 덮어 주고

별 없는 하늘

단테가 지옥의 입구에서 운다
나도 따라 운다

별 없는 하늘가에서 종일 서성이다가
스승 라티니* 음성을 듣는다
'너의 별을 따라가라'
심장 속에 묻어 둔 별을 찾아냈다
별은 뜨거웠고 아직 팔딱거렸다

별은 어둠이 깊어야 빛난다
깊은 어둠을 느껴라
눈물을 닦고
맑은 눈으로 하늘을 보라

단테가 눈물을 그쳤다
나도 따라 그쳤다
빛나는 별로 가득한 하늘이 내렸다

---

* 브루네토 라티니
단테의 스승으로 [신곡] 작품 속 지옥에서 단테를 만나 해준 말

물치物癡에서, 내숭까지

고얀 바람이 내 속을 휘젓고 지나갔다

생일선물 사준다고 백화점에서 보자는 딸의 전화에
'선물은 무슨, 인터넷쇼핑이 더 저렴할 텐데 백화점이냐'
말만 그렇게 하고 옷을 갈아입고 있었다
심지어 콧노래까지 흥얼거리며,

얼마 만인가,
지난 연말에 만난 경옥이 가방이 눈에 들어왔다
슬그머니 가격을 보고는 손을 털었다
그다음엔 이것저것 권하는 것이 눈에 들어오지 않았다
오늘 보니 대놓고 벌이는 일보다
은근히 그런 모습이 더 볼썽사나웠다

딸에게 선물은 됐고 밥이나 사달라고 했다
주문을 넣어놓고 화장실 다녀온다며 일어섰던
딸아이가 쇼핑 백을 건넸다
살림하는 여자가 미쳤느냐며 당장 환불하자고 했다
속을 털린 분함을 차마 드러내지 못했다

여전히 내숭을 떨고 서 있었다

'사물에 사로잡혀 자아를 잃어가는 물치^{物癡}'는
적어도 아니라고 말하고 싶었나 보다
부리나케 수습하고 돌아와서는
어미 속을 알아차린 딸의 한사코 괜찮다는 말에
낯이 더 뜨거워졌다

제3부

봄 꿈

잔뜩 골이 났었다
끓인 속에 곡기를 끊은 지 얼마나 되었는지
속아지 부린 입에서 싱아 냄새가 난다
시큼했던 저녁이 지나고 알싸한 새벽이 혀끝에 닿았다
다들 거기서 거기라는데,
누그러진 기운이 강 허리를 감고 있다
토라졌던 밤을 어떻게 수습할까
때맞춰 비라도 내려준다면 제격이겠다

한시름 아지랑이 오르면

벚나무에 살이 오를 텐데

올봄엔 나도 벚 따라 한 사나흘 꿀 송아리 뚝뚝 떨어지는

꿈 한번 꿔보고 싶다

진달래 지지고

멋퉁스런 말씨를 매만져

살구색 바람의 숨결을 보듬어 보리라

일장이어도 좋지 않겠는가

제3부

불쌍한 개새끼

5년째 백수인 주인집 아들놈이다

피시방에서 게임으로 밤새고 벌게진 눈을 게슴츠레 뜨고 지나다가
내 밥그릇을 발로 찬다
가만히 있는 날 보기만 하면 지랄이다
밥도 잘 안 주면서
나한테 맨날 '개새끼 재수 없다'며 곤히 지나치는 법이 없다
저 새끼가 찬 내 밥그릇 주워 나르느라 이빨 아파 죽겠다

졸고 있는 새벽에 불쑥 들어와서
제가 날 놀라게 하고는
짖는다고 지랄이고,
처다보면 처다본다고 지랄이고,
가만있으면 안 짖는다고 지랄이다
노끈에 묶여 집이나 지키고 있으니까
장기판의 졸로 보는지 원!
이웃집 개는 목줄도 좋은 것 차고,
외제 껌 씹으며 가끔씩 주인 품에 안겨 소풍도 나가는데

이래저래 열 받아서 한번 노려보면

그때마다 된장을 발라버린다고 길길이 날뛰는 천하의 못된 놈,

저 인간 취직해서 집을 좀 나갔으면 좋으련만

허구한 날, 집에 처박혀 삼식이나 하고 있는 꼴이라니

한심해서 못 보겠다

개 같은 세상은 내가 만든 게 아닌데

눈만 뜨면 나한테 지랄이다

동정심도 안가는 어이없는 개새끼

딸아, 너도 그러하냐

딸아, 올겨울은 유독 바람이 차구나
너도 그러하냐

겨울이 깊어 야멸찬데
매화나무는 물을 길어 올리고 있겠구나
겨울을 지나 청아하고 깊은 향기로 익어오겠지

기다려 보자
그리워하자
사모하자

바람이 매화나무 가지를 흔들어 준단다

바람아,
부디 향기로 오너라

딸아, 올봄엔 바람아 달았으면 좋겠구나

제 4 부

||||||||||||||||||||||||

뿌리의 알고리즘

정월 초이레,
호두나무가 달빛에 졸다 깨었다
낭패감을 닮은 그림자를 서둘러 줍는다
땅을 더듬어 눕고 일어 설 자리를
살피느라 고단했다

밑동에 단단히 힘을 주고
깊숙이 어둠을 파고들어야 한다
작업은 늘 신중하다
생을 내려놓을 자리이기에,
배경이 되고 자원이 될 그곳에 역사가 그려져야 한다
잎을 내고 햇살과 통섭해야 하는 자리,
바람에 속을 다 내주어서도 안 된다
적절히 힘을 조절하고 서서 소통해야 한다
서로 다스리고 있다는 걸 눈치채지 못하게 말이다

뿌리는 안다
그 알고리즘을,
잎이 자신을 닮는다는 걸

꽃과 열매가 자신이라는 걸
아프면 모두 아프고
열나면 꽃이 겉 핀다는 걸,

향기가 문밖을 따라 나와 벌컥벌컥 토하는 건 열매를 맺지
못한다
그래서 오늘도 달빛에 냉수마찰을 하고 있다

순대국밥에 소주 한 병

종자 사러 간다고 나왔다

진구네 할배는 장날 순대국밥에 소주 한 병이 낙이다
그 둘을 마주하는 순간,
산해진미, 세상 그 누구도 안 부럽다
나리들이 선거철에 보여준 태도가 싹 달라지고
공약을 죄다 꿩 구워 먹듯 한다고 난리 치다가도
애시당초 혹시나 또 기대한 내가 잘못이지
뉴스로 시끄러워진 속도 달래고 그만한 게 없다는데
함께 사는 할매가 고비다

시침 뚝 떼고 들어가도 거나하게 오른 취기가 자꾸만 기어
나와 기어이 들키기 일쑤다
종자 사는데 반나절이면 될걸
젱일 걸려 할매 속을 태우고 열통을 데워 놓는다
다음 장에는 '할매한테 뭔 핑계를 대나' 고심 중이다
'옳거니 빈 닭장에 달구새끼 사다 넣는다고 하고 나와야겠다'
호젓하니 꿀맛이다
오늘은

할매 순대까지 한 접시 챙겼다

싫어하는 허파는 빼고

오소리감투랑 간을 좀 더 썰어 달라는 당부도 찔러 넣었다

진구네 할배는

순대국밥에 소주 한 병으로

뉴스도,

말짱 헛것이라는 나리들도,

공약도

시름도

잊게 된다

지금까지 그랬던 것처럼

스스로 살려고 용쓸 기운을 마련하고 계신 거다

아버지가 그리운 날에

돈을 볕 이슬 바심을 당연하게 여기며 사신 아버지,
'뒷고생 안 하려면 부지런해야 쓴다'
물꼬 관리를 기가 막히게 잘해서
다른 집 논보다 짱짱하던 벼포기들이
꼭 울 아버지 장딴지 같았지
도깨비 살림을 경계했던
아버지의 통장이 열렸다
농협 출자금 천오백,
막 통장에 사천오백,

"뉴스 보니께 남들은 종이 떼기 두어 번 샀다 팔면 오륙억 거
뜬히 벌어다 주더만, 겨우 요거 맹글어 나한테 주고 갈라고
그 세월 복창을 터뜨렸지. 쑥도 뜯고 솔잎도 따고, 몸도 성치
않은 냥반이 왜 그러느냐고 돈독 올랐냐고 소리쳤었는디"

아버지 통장 받아들고 쏟아내던 엄마의 눈물이 목단꽃 나무
아래로 스며들었다

뒤밀이꾼처럼 따라다니던 남동생이

어느 날 경운기에서 떨어져 팔이 부러졌을 때 빼고는

천지진동하는 법 없었던 아버지,

이슬 볕이 스러져 가는 시간이 되면

나는 남의 논에 물꼬를 대던 아버지를 찾아

안절부절 방황 중이다

제4부

얼굴 도둑

큰일이다
두 살배기 외손자 녀석이
자꾸만 도둑질을 한다
점점 심해지고 있다

시도 때도 없이
묵은내 나는 얼굴을 갈아 치운다
낯익다
'엄마 꼭 외할머니 같네'

오늘도 내 얼굴을 훔쳐갔다

용서

아주 가끔 이렇게 속이 털린다
우르르 몰려다니는 바람,
머릿속이 파도치는 바다다

도래솔에 기어오른 바람이 주눅 들 무렵,
아픔을 쓰다듬고,
외로움을 만지며
찬찬히 오는가 싶던 봄이
그새 동강에 발을 씻고 있다

더께 진 가슴을 열어 보이지도 못했는데,
'용서는 제비꽃이 짓밟히면서도 구두에 풍겨주는 향기'라던데
부아 난 내 속아지에서는 군내가 난다

혜령의 비행

뿌리 쿤타킨테,
목화밭,
내 속은 남북전쟁 중이다
사회책 속에서 튀어나와 내게 달라붙었다
괴물 같은 아빠의 눈빛은
죽음의 공포였다

쓰다만 일기장처럼
낡은 기억 따위는 서랍에 집어넣었다
지워버리고 싶었다
불안한 어둠 가운데 너무 오래 갇혀 있었다
'아무도 내 소리를 듣지 못하는 것 같았어
너무 두려웠어
고독이 다시 옭아매던
수많았던 시간들을 송두리째 삭제시킬 거야
이제 난 날아오를 거야
검은 옷을 벗어버리고 파란 하늘을 마음껏,
하늘빛이 스며들도록,

날개 죽지가 시려도 좋아

내가 다시 살아있다는 증거가 돼 줄 거야

난 행복해질 거야

행복할 수 있어

난 충분한 이유가 있어'

"날 지키지 못한 엄마의 죄책감, 필요 없어요

그건 어두운 기억으로 날 밀어 넣는 거예요

엄마 미안하지만,

그냥 날 지금부터라도 내버려둬요

나를 지켜주지 못한 집,

자꾸 두려워 속이 떨릴 때 잊고 싶어서 엄마가 마시던 술,

아빠가 피우던 담배,

혼자서는 너무 무서워서 친구가 필요했어요

그런 내가 어떻게 살아야 하는지 아무도 가르쳐주지 않았어요

그런 나와 어울리지 말라고 친구들만 떼어 놓았죠, 학교는"

어이없어요

이상한 아이?

그렇게 난 날아다니는 아이가 되어버렸어요

겨우 네 계절 중 봄인데 말이에요

내 삶에 대한 소고^{小考}

괘씸하다
몸집만 크다
품을 줄은 모른다

갈 곳을 잃은 억조창생,
거대한 공룡 도시 한가운데
어딜 가야 하나?

낯선 찰라,
새겨진 풍경은
거기 사는 사람들이
점점, 그 도시를 닮아가고 있었다

큰일이다
공룡이 사라지고 있다

공명共鳴

밤이 운다
검은 눈물 뚝뚝 흘리며 운다
달래도 달래지지 않는 울음이
적요를 뚫는다
하마* 고막이 시리다

들을 귀 없는 벽창호 앞에 고스러지고 만다
차라리 함께 울기로 했다

아예 이를 악물고 버티기로 작정했다
영문도 모른 채 눈 못 뜨고 보채던 별들이
새벽녘에야 축축한 옷을 갈아입고 잠이 들었다

달래기보다 함께 울기를 잘했다
미미하게 모여진 밤,
거기에 가 닿지 못한 울음이 아침을 불렀다

다시 구름이 들이닥치고 바람이 심란하게 해도 괜찮다

햇살이 젖은 아침을 수습하고 계절을 안치러 올 것이다

그때 비로소 느꺼움이 가라앉고

두어 번의 진저리에

눈물의 시간도 털릴 테니,

---

* '벌써'라는 뜻의 강원, 경상, 충청 방언

제4부

종이 도시

계절이 바뀔 때마다 불안하다
구석구석 흔들리고 부서져 위태로운 곳,

팔십팔만원 세대,
내가 사는 도시다
별을 찾다 지쳤다
노래가 나오지 않는다
가끔 바람에 흔들리는 내 그림자가 두렵다

종이 도시,
꽃이 피기를 고대한다
별이 쏟아져 내리는 거리에는
누구나 행복하고
저마다의 노래가 있다
그곳에서 나의 꿈은 전설이 된다

봄이 떠나간 자리에서

바람이 부려놓고 간
아카시아 꽃향기가 기분 좋다
그늘도 좋고
조금 기운 오후, 마음이 그득 해진다

어느덧
봄꽃의 기침은 잦아들었다
와락거리던 살갗도 진정되었다
뒤꼍 복숭아나무도 호되게 앓았는지
각혈한 흔적 사라지고
푸른 멍울이 맺혔다
이팝나무 하얗게 부서지고
비로소 울혈이 멈춘 것이다

그렇게 숙연한 시간을 지나 빌걸음이 멈춘 자리
별이 무릎에 내려앉았다

나의 셋째 아이에게,

셋째야, 자니?

하늘에 별 좀 봐
너무너무 예쁘지?
감동이다

어떤 사람이 그러는데
'별은 밤하늘에 쓴 신의 시'래
그리고
여행자들의 길잡이라지
아침을 깨우는 것도 별이야

셋째야 힘내,
말이 많지는 않지만 유념하지는 않는 사람이 있고,
말본새는 없지만 공들인 것이 역력한 사람이 있어

별의 이마를 짚다

엄마도 그래
오래오래 공들여 너를 만났지
이백육십육일 더하기,
칠천육백육십오일……

그래서
엄마에게 넌, 별이야

어떤 사랑

사랑하기로 작정했다지요?
모든 빚을 싹 다 갚아 주셨다죠?
그것도 값없이 주시는 거라죠?
그냥, 그냥 다 사랑한다는 말이죠?

어찌어찌해서가 아니라?
그러기로 작정하신 거라면서요?
도무지 믿어지지가 않아요, 어떻게 그럴 수 있지요?
한 번만 더 물어볼게요

그게 참말이어요?

추억 테라피^{Therapy}

오십 줄에 들어서고부터
하루 열두 번도 더 마음이 콩밭에 다니러 간다

어느 날은 맨발로
또 어떤 날은 빨간 구두를 신고 간다
그리운 친구들을 모두 불러낸다
여전히 밤톨 같은 것이 사뭇 만만하다
호기롭게 이름 대신 별명을 붙여 부른다
멍새!
능쟁이!
봉팔아,

달달한 식혜 맛이 난다
풋풋한 찔레순, 삐비 향기가 따라온다

가령,
사람은 있으나 외로운 날,
뱅뱅이를 타지 않았는데도 어지러운 날,
그런, 그런, 그런 날

맞짱 토론

굶주린 자존감 위에 날 선 지성이 기름을 붓는다
으름장 수준이다
에너지가 다른 데서 오는 불통과 불편함,
글 밥 꽤나 읽어 들였을 텐데
대략 난감하고 아쉬웠다

적당한 결핍이 주는 소중함으로 어르고 있는 삶에
저렴하게 웅크리고 있던 열등감이 일러바친다
투견장과 진배없는 공기가 울럭거렸다

차라리 침묵의 토론이 좋았겠다
지향점이 뭉개진 이기적인 주장은 상처뿐이다
자존감이 협박당했다
날 선 지성에는 '허, 빡~'이 날아들겠다

그가 앓을 때

건넛방에 그가 쉬 잠들지 못하고 있다
아이들이 하나둘 장성하여 집을 나간 뒤 건넛방을
슬그머니 차지했다

인기척만으로 알만은 하지만
왜 그러느냐고 더 관여하기는 그렇다
뒤치락거릴 때마다 침대 관절 삐걱거리는 소리가 난다
마치 그의 관절에서 나는 것만 같아 여간 마음 쓰인다
초저녁부터 들락날락 태운 담배만 몇 개비인지 모르겠다

가끔 그가 그렇게 앓는다
그런데 요즘 부쩍 자주 앓고 있다
숭숭 바람 들고나는 소리가 새벽녘까지 멈추지 않고 있다
깜깜한 밤하늘에 담뱃불로 만든 별이 너무 빨리 지고 있는
것이다
아침에는 무슨 인사로 기운을 돋굴까
……
오늘도 얼굴 보고 나서기는 틀렸다
모르는 척하는 것이 약이겠다

제 5 부

봄 달을 걸다

하늘 한 귀퉁이 오려낸다
봄바람 드나들며
꽃무늬를 낼 수 있게,

그니는 밤눈이 어두울지 모르니
화사한 봄 달을 걸어두면 제격이겠다
무채색 그리움이 추억의 에너지를 긁어모아 화제를 드린다

오랫동안 얼어붙은 언어를 토막 내어 질그릇에 담아
쓴 물을 우려 낸다
미처 고르지 못한 언어가 앙금처럼 가라앉았다
내게 봄은
낡은 속도로 오지만,

자꾸만 웃음이 난다
사람도 봄이 오면 몸에서 꽃이 핀다는 걸 알게 되었다
달빛처럼 따뜻한 꽃이 핀다는 걸

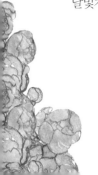

고향의 봄

수줍은 내 고향은
지금쯤 귀밑까지 벌게졌겠다
며칠 밤을 설치며 그리움을 깁고 있겠지
두엄 흙내뿐이던 후미진 곳에도 진달래,
산벚 향기에 작약도 깼을 거야
더덕 순은 어떻고, 진작에 그리움을 감아올렸을걸
머위도 제법 순을 냈겠다
손바닥 쌈에
봄 바지락국으로 바다를 한 그릇 먹고 나면
속이 좀 풀릴 텐데
길이 좋아져 반나절도 안 걸리는데
생각만 지척이다

고향의 봄은 아직 멀다

전이

영월의료원 환자 대기실에
오후 여섯 시 반 같은 분위기의 여자가 왔다
무기력이 가둔 전형적인 얼굴로
아무렇게나 구긴 종이처럼 자리를 잡고 돌아앉았다
무채색 같은 그녀의 뒷모습이 슬프다
꺼진 라디오같이 적막하고 쓸쓸해 뵌다
안쓰럽다
허락 없이 연민을 아끼지 못하고 흘리고 있다
언제 잃어버렸는지도 모를 생기,
걱정 반 안타까운 오지랖이 올라올쯤 그녀가 비척거리며 신
경 정신과로 들어갔다

텅 빈 공간에 가구처럼 느껴지게 만들던 산후우울증이
지병처럼 스멀거리며 삶을 통째로 흔들던 기억이 떠올랐다
눈 부신 햇살의 재촉이 성가신 아침,
두꺼운 암막 커튼으로 성벽을 치고 철통같이 빛을 단속했었다
한 치도 비집고 들어오지 못하도록 냉담했었다
아무와 말하고 싶지 않고 보이고 싶지 않았다
계절을 기억하고 싶지도 않았다

탱자 가시처럼 독한 텃세를 부렸다
다행히 어느 날 말짱해지는 입덧처럼 벗어났다
능력 이상의 의무를 회피하고 싶었는지도 모른다

권리와 의무 사이에서 균형을 잃고 나뒹구는
사람들을 본다
나를 본다

달을 먹는 은행나무

내가 사는 영월에는
천연기념물 제76호로 지정된 수령이 천년이 넘은
암 은행나무 한 그루가 있다
경기도 용문산의 은행나무 다음으로 큰 나무라고 한다

이런저런 동네 사람들 하소연이며
가슴앓이를 다 알고 있을 것이다
별별 난리도 다 겪고,
볼 거 못 볼 거 다 보고 놀랄 일도 꽤나 많았을 텐데…
총명한 귀청,
계절을 민감하게 감지하는 총기가 여전하다
해거리 없이 매년 성성히 잎을 내고 열매를 달아 낸다
젊은 나무 못지않게 실한 것이 신기할 정도다
허리춤 쌈지에서 사탕을 내주듯
열매를 맛본 사람들은 쫀득하니 맛있다고들 하였다

그 비결이 궁금하였다
그러던 어느 날,
드디어 그 비밀을 알게 되었다

우연히 은행나무에 달이 걸려 있었는데 가만히 살펴보니
할머니 은행나무가 달을 구워 먹고 있는 것이었다
부스럭부스럭 별들이 졸고 있을 무렵, 호젓하게 자시는 것
이었다
그 노련한 노익장에 웬만한 것들은 예의 조용히 비껴가고
발칙한 젊은 태풍들도 할머니를 못 당했던 비결은
달이었던 것이다
그래서인지 할머니 은행나무가 있는 영월은 사시사철 이름
처럼 편안하다

그다음부터 나는 달이 보이지 않는 날에는 필시,
할머니 은행나무가 기력을 마련하느라 구워 먹었다는 걸 알
게 되었다

목적을 위한 목적 없는 삶

천륜처럼 햇살이 살을 파고든다
여기저기 삶의 바퀴 자국이 선명하다
삶의 주행이 자주 멈칫거렸다
이정표를 잊었던 흔적이 역력하다
오만했던 선택에 서글픈 후회를 해보지만
아무도 거들어 주지 않았다
선택의 책임을 묻는 듯한 침묵이 서러웠다
그래서 눈물마저 바다 같은 저녁 강가에 가서 씻었다
도무지 봄이 올 것 같지 않았다

삶이 요구하는 워낭 하나 달고 내 아버지처럼 소가 되었다
소리를 잃어버린 채
자기가 낸 발자국에 기도를 심던 소,
가끔 하늘을 보며 내던 긴 외마디의 통곡,
그리고는 이내 큰 눈을 내리깔던 소,
목적을 위한 목적 없음을 다 알고 있던 소는
더 이상 질문을 하지 않았다
내가 어디로 가고 있는지를,
아버지 소의 발자국을 더듬는다

눈물이 마르지 않는다
소는 계절을 등으로 읽어 내렸다

아버지 닮은 소는 오늘 비로소
저벅저벅 삶을 등에 지고 간다
워낭소리가 햇살 가랑이 사이로
길을 내고 있다

열등감

월세를 받으러 주인이 다녀갔다
조각 난 살림살이를 이리 맞추고 저리 맞추느라
사흘을 넘겼다

집을 비워 달란다
아이들이 드나드는 현관문 위에 빨간 손잡이 가위를 걸어 놓
고 간다
집이 빨리 빠지라고 걸어 놓는 것이니 절대 떼지 말란다
말 한마디 못하고
작년에 걸어 놓은
북어에게 그만 감정을 드러내고 말았다

오랫동안 집구석을 들여다보고 있었다
놀란 듯 입을 다물지 못하는 모습이 조롱하는 것 같았다
말라비틀어진 주둥이를 흠씬 두들겨 패주다 정신을 차렸다
치졸한 열등감,
너덜너덜해진 자존심이 울음을 터뜨리고 말았다

달구 아재가 노래를 못 부르는 이유

달구 아재는 오늘도 노래를 웅얼웅얼
입안 헹구는 소리만 하다가 만다
음악이 내뺀 건지
달구 아재가 주저앉은 건지 구분이 안 간다

'모두 거짓부렁이 될 게 뻔한데 계속 꿈을 노래해야 하나?
누구에게 물어야 하나 이거?' 심상 깊다

나이가 들면
점점 노래에 자신이 없어진다는데
음치만 이유였으면 좋으련만,
'뭘 해도 뭘 들어도 재미가 없어
어린것들한테는 더 그렇고'

노래는 목으로 부르는 게 아니라
신명으로 부르는 거라는 달구 아재,
이래저래 노래를 못하는 이유만 늘어간다

내 병은 내가 아는데

요양사가 주는 알약을 털어 넣었다
쓴 내 나는 기억을 잘게 잘게 쪼갰다
꼭꼭 씹어 삼켰다
쓴 게 약 된다는 말을 믿고 싶었다
시간이 자꾸 흔적을 남기며 간다
살을 깎고 뼈를 깎는다
속절없는 기억의 조각들이 흩어지고,
기다림의 무게만큼 중력을 잃고 무너져 내렸다

내일은 또 기다려 볼 여력이 남아 있을까 싶은데,
삶의 궤적에 녹아있는 기억들을 추출 해내며
꽤나 살가운 참견을 한다
머릿속에 그가 풀어 놓은 은어 떼가 물길을 거슬러 오른다
그리움의 뿌리는 느슨해지고
엄마의 젖가슴을 머리로 기억해야 하는 지금

병에서 꺼낸 약을,
다시 병에 담으며
기억을 부역한다

기도

눈이 멀었다
아무것도 보이지 않는다

모두 잠든 밤
나 말고 또 깨어 있던 수전의 물방울 소리
또옥똑,
어둠을 잘라 먹고 있었다
작은 물방울이 떨어져 소리 가득 집안을 메우고
생애 가장 취약한 것들은
내 삶을 이끌어 온 뼈다

나를 깨우는 바람이
달다

사는 게 다 그렇지

보채는 햇살을 달래며 긴 하루를 잘라서 끌고 간다
무엇을 어디서부터 해야 할지 정하지 못한 채
늘 허둥지둥 나서기 바쁘다
산을 뜯고 텃밭을 솎아 차려 낸 엄마의 싱싱한 밥상 기운이
그새 방전이 되었나 보다

물선 곳에 잠시 서 본다
낯섦은 잠시,
사람 사는 것이 다 비슷비슷해 보인다
내 곳으로 얼른 돌아가야겠다
민무늬 같은 삶이 기다리는
공통의 언어를 가진 그곳으로…

잘라낸 절반의 하루를 끌고 돌아가는 길목,
아버지의 손에 들려 온 바다를 굽는다
자반고등어에 묻어 있던 바다다
'그래,
사는 게 다 그렇지 별거 있나'

달빛이 구멍 난 하루를 촘촘하게 꿰매고 있다

제5부

감기, 네 이놈

게 섰거라

그리 맹렬한 기세로
떨거지들을 데리고 쳐들어오다니 무엄하다
내 너 때문에
입맛도 없고 머리가 아프구나

네 정녕 쓴맛을 보아야겠느냐
따끔한 맛을 보아야 알겠느냐
한 발자국만 더 들어왔단 봐라
그냥 보아 넘기지 않을 것이다

좋은 말로 할 때 썩 물러가거라

그림자를 빼앗긴 밤

그림자를 빼앗긴 밤이 길다
낡은 그리움이 밀려든다
오늘 밤도
쉬 잠이 들기는 틀린 것 같다
그림자를 찾는 것 보다,
잃어버린 것을 애석해 하지 않을
평정심이 더 필요하다
그래야 내 영혼이 한 뼘이라도
제대로 쉴 수 있을 텐데 말이다

내일 아침 문밖 풀꽃에 물어봐야겠다
어느 때에라야 나로 설 수 있는지,

아침 단상

새벽 네 시, 눈이 뜨였다
이렇게 일찍 아침밥을 안치는 일도 이제 마지막이다
아이들의 웃음소리가 떠나가고
밥 달라는 소리도 사라졌다

팔순이 다 되어가는 친정엄마는 허구한 날
왜 그리 밥상 차리는 걸 좋아했는지 알 것 같다
밥 먹고 가라는 말이 그냥 인사가 아니었구나
왈칵,
허공의 민무늬가 나이테를 지운다
다시 오지 않는 그 날 속에
시리고 애틋한 틈이 생긴다

아침은 생각보다 빨리 왔다
화들짝, 이불을 젖히고 일어나
늦은 아침을 준비한다
식탁은 텅, 비어 있다

기억의 봉인

시간도,

날짜도,

계절도 잊은 지 오래다

꽤 오랜 세월을 살아온 것 같은데

내가 누구인지 기억나지 않는다

감아쥐고 있던 실타래를 풀어야 할 때가 된 것일까

살갗의 비늘부터 정리해야 할까

나보다 어린 것들이 자꾸 찾아온다

묵은 각질처럼 붙어 있는 등골들,

허기진 시간을 살아왔다

다시는 눈 뜨지 말아야 한다

혹시 누군가가 생각나면 큰일이다

스스로의 방에 못 질을 한다

꽃 심지

행여 그늘져 오는 날에는
내 아이들을 생각하면
단박에
소풍 같은 환희로 화사해진다
내가 지금까지 아니 앞으로도
잘 살아낼 수 있게 하는
꽃 심지이다
그 심지 좀 더 단단해지도록 영혼에
영양가 높은
꽃밥을 먹이고 싶다

해설

사람의 빛과 어둠을 읽는 애달픈 그릇

○ 해설

사람의 빛과 어둠을 읽는 애달픈 그릇
– 김봄서 시집 '별의 이마를 짚다'를 읽고

김남권(시인 한국장학재단 멘토)

시인은 생명의 숨결을 담는 그릇이다. 아니 모든 생명을 연민하는 가슴을 가진 사람이라고 해야 더 정확할 것이다. 김봄서 시인은 시의 전편에 흐르는 사람을 향한 애틋한 연민과 차마 말로 다 하지 못한 가슴 속에 응고된 언어들을 짚어내고, 보듬어 주지 못하고 품어 주지 못한 것들에 대한 안타까운 심정을 속 깊게 녹여내고 있다.

첫 시집 '별의 이마를 짚다'를 출간하는 김봄서 시집에는 어머니, 아버지, 남편, 아들, 딸에 대한 절실한 감정이 눈물로 써 내려간 원고의 행간을 촉촉하게 적시고 상처받고 소외당한 아이들을 향한 진심 어린 눈길이 소금처럼 녹아들어 있다. 생명 있는 것들이라면 허투루 보지 않고 작은 풀꽃 하나라도 애처롭게 바라보며 어루만져 보고 작은 벌레마저도 그 나름의 타고난 운명을 어여삐 여기는 성정을 느낄 수 있다.

이는 곧 나무의 밝은 부분만 보이는 대로 보는 것이 아니라 햇볕이 머리 위를 지나가고 나면 길게 드리우는 그림자를 살펴보며 나무의 생각을 읽는다는 것이다. 햇살이 환하게 머리 위로 비출 때 나무의 표정은 그저 싱싱하고 늠름하고 대견한 것이다. 그러나 곧 오후가 되면 길게 늘어나기 시작하는 그림자는 나무에게도 스스로 만들어 놓은 그늘이 있다는 것을 깨닫게 된다. 사람들의 살아가는 이치도 그러한 것이다. 겉으로 드러난 사람들의 모습만 직관하는 것이 아니라 그 내면에 간직한 슬픔을 어루만질 수 있을 때 그 사람의 아픔을 공유할 수 있고 위로와 연민의 어깨를 내어줄 수 있는 것이다.

이는 시를 쓰는 사람이라면 반드시 살펴야 할 감정의 우물인 것이다.

겉으로 드러난 형체만 보는 것은 시인이 할 일이 아니다. 말하지 않아도 그 내면을 살필 줄 알고 손 내밀지 않아도 그가 지닌 그림자를 읽을 줄 알아야 한다. 그리하여 시인은 그 어떤 예술가 보다 따뜻한 연민과 찬란한 슬픔을 가질 줄 알아야 하는 것이다.

그 대상이 어린아이가 되었든, 가족이 되었든, 그리고 길가의 이름 없는 작은 풀꽃이 되었든, 생명에 대한 경외심을 가지고 사랑하고 살펴야 한다.

시를 통해서 생명의 순환을 이해하고 시를 통해서 인간의

해설

가치를 발견하며 시를 통해서 우주의 길을 열어가는 것이야
말로 시인이 추구해야 하는 진정한 삶의 자세인 것이다.

　김봄서 시인은 이번 시집에서 그 첫 번째 시도를 보여 주고
있다.

달의 등을 돌려 세웠다
눈물을 들키고 싶지 않았다
가끔 가시에 찔려
온몸이 욱신거리는 것 같았다

성미가 참 고약해서
애써 수습해보려 하지만
그럴수록 더 깊이 파고 들었다

가끔 쓸모없다는 생각이 들고
사라져 버리고 싶을 때도 있지만
세상에서 나를 제일 사랑하는 사람은
결국 나인 것 같아
뿌리 없는 나무에 가지를 친다

더러는 달팽이처럼
혼자서 꼼지락거리다가

뚜껑 닫고 들어가 죽은 것처럼
오랫동안 잠을 자고 싶을 때도 있다

선택한 결과를 기꺼이 견뎌야하는
자발적 고립,
남들은 '바보'라고 했다
그러나 나는 '천치'다

하늘 문신이 소름처럼 돋아나고
눈물의 나이테가 허공을 찔렀다
툭, 툭, 툭
별이 떨어졌다

- 탱자 나무 (전문)

  달-눈물, 나-뿌리 없는 나무, 바보-천치, 하늘-별로 이어지는
카테고리는 음의 기운을 통해서 보는 자아성찰의 역설이다.
앞에서 전제한 바와 같이 김봄서 시인은 '사람의 빛깔 이둠을
읽는 애날픈 그릇'이라고 했다. 달의 눈물을 보고 뿌리 없는
나무에 가지를 쳐 주는 존재는 긍휼한 연민의 극치이다. 그렇
게 삶의 이치를 깨닫게 될 때 바보는 비로소 하늘의 이치를
알게 되는 천치에 이르게 되고 달의 눈물은 하늘의 별로 빛나

게 되는 것이다.

탱자나무가 겉으로는 가시를 보이지만 그 심장에서 쏟아낸
탱탱한 열매를 드러내어 그 존재의 온화함을 보여주듯이, 슬
픔이 툭툭 떨어질 때 우리는 그 사람의 어깨를 안아줄 수 있
다. 그리고 슬쩍 그에게 기울어져 사랑하게 되는 것이다.

별이 아파 입맛을 잃었다
여우비로 한소끔 가신 너럭바위 위에
쏟아진 햇살을 긁어모아 쿠키를 빚었다

고스스,
소금을 두 어 꼬집 넣고
바람이 반죽을 한다

자꾸만 감겨드는 눈,
현기증에 까무러치는 별의 이마를 짚어 본다
방향을 잃고 한참을 헤맸다
도대체, 올들어 벌써 몇 번 째 인지 모르겠다

햇살 쿠키 한 조각을 꺼내
바람을 맛 본다
결핍으로 쾡한 눈이

별의 이마를 짚다

한동안 나를 쳐 보다

별을 씹는다

물컹, 술 냄새가 났다

– 별의 이마를 짚다 (전문)

표제 시 '별의 이마를 짚다'는 김봄서 시인의 시 세계를 가장 대표적으로 잘 드러내는 문장이다. '별이 아파 입맛을 잃었다/여우비로 한소끔 가신 너럭바위 위에/쏟아진 햇살을 긁어모아 쿠키를 빚었다'는 별을 의인화하여 생명의 가장 존귀한 존재로 불러들였다. 누구일까? 그는, 그러나 그가 누구인지 말하는 것 자체가 넌센스일 것이다. 어머니가 아픈 아이의 이마를 짚어 주듯이, 김봄서는 신열을 앓고 있는 별의 이마를 짚어 주며 간절한 기도를 올렸을 것이기 때문이다. 그리고 너럭바위 위에 햇살을 긁어모아 한 잎의 쿠키를 빚어 그 입에 넣어 주었을 것이다. '햇살 쿠키 한 조각을 꺼내/바람을 맛 본다/ 결핍으로 쾡한 눈이/ 한동안 나를 쳐다 보나/별을 씹는다//물컹, 술 냄새가 났다' 별의 이마를 짚어 주는 화자 곁에 있는 또 다른 사람, 그가 별을 씹었다. 그리고 물컹, 술 냄새가 났다는 부분은 대단한 반전이다. 그리고 별을 곁을 지켜주는 누군가가 있어서 다행이라는 생각이 든다.

해설

시인은 스스로 결핍을 채워가는 사람이다. 시를 쓰지 않는 사람들은 자기 이외의 사람으로부터 위로를 받고 결핍을 채워가지만, 시를 쓰는 사람은 스스로 결핍을 찾아가야 하고 그 결핍을 채워가야 하는 존재이다. 그래서 더 고통스럽고 더 고독하고 더 슬픈 것이다.

그 슬픔을 넘어 결핍을 해결할 수 있을 때 시의 맛이 깊어지는 것이다.

눈을 반쯤 감아야 해
가슴은 좀 더 열어야 하고
하이힐은 깊숙이 넣어두고
몸의 핏Fit을 살려주던 정장 옷도
장롱 속에 잘 넣어 두렴
색조 화장품의 향이 사라진
오래된 원료 냄새를 알게 될 거야
네 옷을 사러 갔는데 돌아올 땐
손에 아이 옷 봉투가 들려 있을 거야
화장실도 달려 갔다 오게 될 거고,
아마도 문을 열어 놓고 볼일을 봐야 할 거야

잠이 모자라서 반 정신이 나가게 될 거고,
깜빡깜빡 건망증이 지병처럼 찾아올 거야

하지만 너만 앓는 병이 아니니 너무 걱정은 하지 말렴

많은 엄마들이 앓는 흔한 병이란다

어쩔 줄 몰라 허둥대게 되는 일이 많아지고

어떨 땐 불안하고 조금 무섭기도 할 거야

가끔씩 낯선 거울 속 네 모습에 놀라게 될지도 몰라

제 때

제대로 차려진 밥 먹는 날이 적을 거야

그렇게 엄마가 되어 가는 거란다

그런데 이상하지

엄마가 하나, 둘, 셋, 넷, 다섯

어떻게 그럴 수 있었을까 신기하지?

너도 곧 알게 될 거야

엄마에게 아이는

세상에 없는 보약이고 보물이라는 걸 말이야

햇살 같은 미소 한 줌에 무거운 피로가 단번에 사라지고

솜 꽃 같이 잠든 얼굴을 보면 모든 근심 걱정이 녹아내리지

기운이 없을 때 아이를 보면 힘이 솟는 걸 느끼게 될 거야

아이가 비타민이 되고 보약이지

예전에 없던 용기도 배가 될 거고

'엄마 사랑해요' 한마디에 슈퍼우먼이 될 거야

가끔씩 낯선 네 성격과 능력에 놀라게 될지도 몰라

엄마도 그랬단다

그렇게 아이였던 너희가

엄마를 진짜 엄마 되게 해 주었지

기대하렴

엄마도 그랬고

엄마의 엄마도 그랬지

그렇게 엄마가 되는 거란다

– 그렇게 엄마가 되는 거란다 (전문)

　하느님이 세상을 골고루 다 살필 수가 없어서 엄마를 보냈다고 했다. 엄마가 되고 나서야 비로소 엄마의 존재가 얼마나 위대하고 아름답고 사랑스러운 존재인지 깨닫게 되는 세상의 모든 딸이 한 번쯤은 깨닫고 울게 되는 순간이 바로 '그렇게 엄마가 되는' 시점일 것이다.

　'눈을 반쯤 감아야 해/가슴은 좀 더 열어야 하고' 엄마가 되는 것은 세상을 향한 눈은 반 정도는 감을 수 있어야 하고 가슴은 더 활짝 열어서 우주를 받아들일 준비가 되어야 한다. 반은 내 정신이지만 반은 늘 정신이 나가 있어야 하는 달의 부족이 되는 것이다.

　다섯 아이의 엄마가 되어서도 늘 가슴엔 더 많은 아이를 품고 사는 엄마, '엄마'라는 말 한마디면 세상의 그 무엇도 두렵지 않은 슈퍼 우먼이 되고 두렵고 무서운 것이 없는 천하무적 로봇 태권브이를 능가하는 존재가 되는 경지를 알게 된 그녀가 이제 막 그 첫 수업을 시작하는 딸에게 주는 가장 큰 인생의 스승으로서의 교훈이자 당부이다.

시를 쓰지 않았다면 알고도 깨닫지 못했을 바이블 같은 경전이 바로 여기에 있다.

논 한 마지기도 없이
달랑 텃밭 딸린 집 한 칸 얻어서 제금 나신 우리 아버지,
소작 붙여 몇 년을 죽을 둥 살 둥 수많은 언덕을 오르내리며
논 몇 마지기를 사들이고는 하였다
몇 년을 또 몇 년을 그렇게
동산 같은 언덕을 꼴며 쇠똥거름을 져 날랐다

남의 산에 나무를 해서 절반은 주고
절반만 받아 자식들과 겨울을 나고
손이 터지고 발에 굳은살이 박혀
물에 불려 다듬어 내곤 했다
껍질만 남은 등에서 무슨 힘이 그리 났을까
아버지 몸집의 대여섯 배는 족히 넘을 짐들을 지고
언덕을 연신 오르내렸다

해설

나뭇짐, 꼴짐, 거름 짐

다랑이 논길과 산밭을 오르고 올라

아버지만의 정한 언덕을 올랐다

공부해야 할 공부를 하지 못하여

고단한 언덕길 오르는 것이 마땅하다 여기며 살았다

자식들은 좀 쉬운 길 가게 하려고

언덕을 수없이 오르며 고단함을 막걸리로 풀어내었다

회한의 무게가 담겨있는

무제 공책 13권

뒷바라지 힘에 부쳐

아들 셋만 대학 보내고

큰 딸은 상고商高 가라 꿈을 꺾어 낸 것이

또 다른 언덕이 되었다

꺾은 싹 어디에도 둘 수 없었던지

아버지의 무제 일기장 구석구석에

눈물누르미 선연하였다

— 아버지의 언덕 (전문)

달의 인력으로 지구의 바닷물을 끌어당긴다. 그 많은 바닷물은 순간 어디로 가는 것일까? 그 궁금증이 사라지기도 전에 시인은 '그리움 쪽으로 가운다'고 말할 수 있어야 한다. 김봄서 시인은 그 그리움의 물길을 팽팽하게 당겼다가 놓았다가를 반복하며 가슴 속에 담아 놓은 아버지, 어머니, 남편, 아들, 딸, 그리고 그가 만난 소중한 사람들을 슬픔의 언어학으로 바라보고 있다. 위의 시 '아버지의 언덕'에 남아 있는 흔적도 화자의 눈물이 녹아 있다. 실제로 김봄서는 이런 시들을 쓰고 읽으면서 많은 눈물을 흘렸다. 그의 가슴 깊은 곳에 달이 숨어 있는 것이 틀림없다는 생각이 든다.

가슴에 별 무덤 하나 만들어 놓고
사십 여년을 자박자박 걸어왔지요
홍매화 흐드러질 때는
더러 후덩덩 바람이 들어
꾀가 나기도 하대요

해가 가고 달이 가도
당최 갈무리 될 기미가 보이지 않더니만
뒤돌아보니 후딱 지나갔더라고요
허구한 날 자발 떨어댄 것도 무안하고
장날 잰걸음에

해설

147

소락대기 박은 것도 그러해서

탁배기 한잔 청했더니 괘념찮게 거들어 주대요

이젠 장거리에 나서면 천천히 둘러도 보고

더러는 이력하고 한잔 걸치는 멋도 내자고 했더니

꼬리 내려앉은 두 눈을 두어 번 끔벅 거리대요

억센 속아지 데리고 사느라 고생했다고 한잔 부어 올렸더니

발그레한 농 한마디 치대요

'별 든 가슴에서 올라오는 숨결이 하도 고와서 이적지 그런 거

몰랐다'나요

그날 별 무덤 봉분이 한껏 솟아올라 달에게 좀 쏟아주고 왔네요

그녘의 휘파람 소리도 제법 달대요

– 숨결이 바람 될 때 (전문)

    숨소리 하나도 예사롭지 않을 때 있다. 아기가 고른 숨을 내쉬며 쌔근쌔근 잠들어 있을 때의 달콤한 숨소리는 세상의 평화를 순조롭게 하는 숨소리이고 사랑하는 사람이 귓가에서 속삭이는 숨소리는 가슴을 들뜨게 하는 뜨거운 숨소리이며 부모가 숨을 거둘 때 내뱉는 고통스러운 숨소리는 다시는 돌아올 길이 없는 길을 떠나는 마지막 숨소리이다.

그 숨소리마다 언어가 있다. 아니 은유가 깃들어 있다고 하는 게 맞을 것 같다. 말로는 다할 수 없는 많은 말을 한숨으로 내뱉기도 하고 탄식으로 내뱉기도 하면서 때로는 감탄사와 미소 속에 숨겨서 내뱉기도 한다.

그 모든 숨결이 모여서 바람이 되는 것이다. 그 바람은 바다를 건너오기도 하고 우주를 건너오기도 한다. 그 바람의 무늬를 알아채고 그 사람의 언어를 알아듣는 것이 시인이라고 생각한다.

오후 다섯 시,

4월의 바람이 차다

바람 속에 뼈가 들어 있나 보다

회초리 같다

뉘엿뉘엿 넘어가는 해를 붙잡아 두고 싶다

을씨년스런 몸뚱이를 추스르지 못하고

젖은 눈이 바다를 기어가고 있었다

여물지 못한 별이 바다에 쏟아져

하늘로 오르지 못한 바다는

검푸른 날개를 퍼덕였다

햇살이 남은 바다를 삼켰다

해설

바람이 매질을 했다
저렴한 동정은 거기 두고
차라리 침묵하라고 했다
제 살을 깎던 바위가 숨죽여 우는 팽목항,

솟대 위에 덩그러니 걸려 있는
바람의 뼈를 보았다

- 바람의 뼈 (전문)

　슬픔을 녹여 바람을 만들었다. 생일이 같지는 않지만, 기일이 같은 302명의 단원고 아이들은 팽목항에서 해마다 4월 16일이면 모여서 무엇을 할까? 세상에서 미처 피어 보지도 못한 꽃들이 하늘에서는 빛나는 꽃밭을 일구고 있을까? 차마 가슴이 미어져서 차마 그 바다를 볼 수 없어서 아직도 그곳에 갈 용기를 못 내고 있는 나는, 바람 속에 들어 있는 뼈를 찾아 그 속에 아이들의 맑은 웃음소리를 기억하려는 김봄서 시인의 따뜻한 감성을 통해 침묵 속의 경전을 바라보게 된다.
　겉으로 다 드러내지는 못하지만, 그 묵직한 침묵 속으로 흐르는 핏줄이 느껴지는 것이다. 그 속에 뼈가 들어 있어서 더디게 비척거리며 걷고 있는 발걸음에 매질하는 것이다. 그 생때같은 생명을 지켜주지 못하고 뻔뻔하게 살아가고 있는 자신에게 매를 들지 않고는 용서가 안 되는 그런 슬픔이 있는 것이다. 언제 가 닿을지 모를 4월의 바닷속을 기꺼이 소환해 내는 것이다.

남편의 걸음이 심상찮다
불쏘시개에 불이 붙으려다 만 듯
구겨진 허연 머리칼이 당황하고 있다
두세 발짝을 떼다가 주저앉고 만다
다시 시도해 보지만
파도처럼 밀려오는 고통을 만나면
한참을 자지러진다

병원에서는 허리디스크가 파열되어
디스크 액이 흘러나와
신경을 누르는 것이 원인이란다
한 방울의 액에 큰 장정 몸이
제압당하고 말았다
보조기구를 장착한 모습은
흡사 전쟁터에서 돌아온 부상병 같다

다섯 아이 아빠로
한 여자의 남편으로

부모의 장남으로

조그만 사업장의 대표로

이런저런 역할과 삶의 무게가 무겁고 고되었나 보다

걸음마를 막 떼는 아이처럼 흔들린다

주저앉기를 여러 번,

온전한 걸음을 떼지 못하고 있다

급격하게 밀려오는 고통을 쪼개어

몰아쉬는 숨이 뜨겁다

아직은 하늘을 밀어 올릴 힘이 더 필요하다고

젖은 기도로 선처를 구한다

다시 넘어지지 않을 온전한 걸음마는 언제쯤일까

해 걸음에 떠밀려 일어서는 그의 뒷모습이 낯설어

햇살마저 무너지고 있다

– 남편의 걸음마 (전문)

　사랑하는 사람은 그 무늬가 닮아 간다. 얼굴도 닮아 가고 생각도 닮아 가고 식성도 닮아 간다. 심지어는 상처마저도 닮아 서로의 상처가 되기도 하고 서로의 기쁨이 되기도 하는 것이다. 어쩌면 삶은 행복한 것을 공유하기도 하는 과정이지만 상처를 공유하며 성장하는 것이다. 태어나고 죽고 다치고 깨어나면서 상처가 나고 치유될 때마다 한 뼘씩 성장하고 서로의 거리가 조금씩 좁혀지는 것이다. 사랑하는 사이가 되는 것도 내가 아니면 상대방의 상처를 보듬어 줄 수 있는 사람이 없을 것 같다는 생각이 들 때 서로를 선택하는 것이다. 사랑은 받고 있다고 생각할 때보다 줄 것이 있다고 생각할 때 선택되는 것이다. 그러나 사랑이 실패하는 원인도 공교롭게도 줄 게 없다고 생각될 때 떠나는 것으로 생각한다. '아직은 하늘을 밀어 올릴 힘이 더 필요하다고' 그에게 힘을 불어넣어 주고 싶은 간절한 염원이 담겨 있는 '남편의 걸음마'는 한순간 전기를 먹고 쇼크에 빠졌다가 살아남아 그 고통의 순간을 극복하느라 안간힘을 쏟고 있는 남편에 대한 생의 응원가이기도 하다.

유난히 흰 피부를 가진 일곱 살 은교는
오늘도 하얀 호흡을 고르며 오도카니 앉아있다
누굴 기다리는지
골목 끝 어딘가에서 시선이 잘게 부서진다

잿빛 얼굴을 한 할머니,
은교가 타던 유모차에 박스와 빈 병 몇 개를 싣고 올라온다
그제야 묵직하게 가라앉은 은교 얼굴이 환하게 피어난다

해설

153

은교가 세 살 무렵 엄마는 산후우울증을 못 이기고 집을 나갔다

얼마 지나지 않아 아빠마저 엄마를 찾는다고

골목길을 내려간 뒤 돌아오지 않고 있다

그날부터 은교는 할머니가 폐지를 주우러 나가 늦어지면

집 안에 있지 못했다

할머니는 곧 학교에 들어가는 은교의 운동화와 가방을 사주고 싶다

그런데 요즘 종잇값이 자꾸 떨어지고 줍는 사람도 많아졌다

은교의 초등학교 입학이 다가오면서 할머니는 점점 멀리 나갔다

유모차에 박스가 가득 실리고 빈 병을 담아도

은교는 안다

그걸로는 다빈이가 신은 운동화와 가방을 살 수 없다는 걸

그래도 은교는 상관없다고 한다

은교를 어쩌지,

할머니만 있으면 된다는데

나 혼자 미리 걱정이다

어둠이 신음소리를 내며 골목을 따라 올라온다

– 은교의 시간 (전문)

'은교의 시간'은 이 시대를 살고 있는 모든 구성원의 시간이다. '어둠이 신음소리를 내며 골목을 따라 올라온다'는 한 마디로 언덕 위 작은 공간에서 할머니를 기다리며 하루를 보내는 은교의 시간이 우리 모두의 책임으로 돌아오는 시간이기도 하다. 일찍 철이 들어 버린 은교가 할 수 있는 게 기다리는 일밖에 없다는 게 한없이 고통스러운 시간을 통과하고 있다. 그러다가 할머니마저 길에서 쓰러지고 나면 은교에게 남은 시간은 끔찍한 기억의 건널목을 통과하게 될 것이다. 기차가 서지 않는 건널목은 포기하거나 목숨을 담보해야 한다. 할머니와 손녀의 절대적인 관계가 무너지는 순간, 생의 댐이 터지고 마는 것이다.

그리고 그것보다 더 큰 상처는 은교가 성장하고 나서도 영원히 그 트라우마에서 벗어날 수 없다는 것이다. 버림받고 버림당했다는 사실로부터 한순간도 자유로울 수 없기 때문이다. 누군가 나서서 그 상처를 진심으로 따뜻하게 어루만지고 사랑해 주지 않는다면 소녀 은교는 영원한 기억의 창고에서 벗어날 수 없을 것이기 때문이다.

새벽녘 그믐달의 울음소리에 깨었다

별들의 다정함을 이기지 못해 그런 줄 알았다

아니라고 했다

고독을 연습하고 있다고 했다

왜 그런 슬픔을 미리 앓느냐고 물었다

감정에도 근육이 있어 연습을 해두어야 한다고 했다

계절이 질 때마다 점점 더 힘들어서 안 되겠다고 했다

그냥 요즘 자꾸만 더 그래진다고 했다

시작한 지 꽤 오래된 듯하였다

봄이

정분난 아내처럼 흘겨보며

바람 따라나서던 날을 생각하면 환장한다고 했다

지천에 흘린 눈물 꽃이 강을 만들고

여름이

강을 건널 때도 심란함을 이루 말할 수 없다고 했다

가을이

질 때의 운슬은

뜬눈으로 지새우는 흐느낌이라고 했다

겨울이

깊어지면 이미 지기 시작한다는 것을 알게 되는데

점점 가슴앓이가 길어진다고 했다

별의 이마를 짚다

어떤 때는 바람 따라 나선

그 계절의 그림자라도

다시 한 번 안아보고 싶을 만큼 그리워진다고 했다

그러다가 가끔 미친 짓을 하게 된다고 하였다

계절을 홀랑 꾀어 간 정부인 그 바람이

대나무밭에 자주 든다는 소식을 들으면서 라고 하였다

만나면 해코지할 양 펄펄 뛰던 호기는 어디에 두고

속없이 다 시들어 졸고 있는 바람의 안색을 살피게 되더라고 했다

그에게 계절의 안부가 대신 궁금하여 서성이게 된다는 것이다

그런 속없는 짓을 왜 하느냐고

여기저기서 노발대발이라고 했다

나도 물었다

그가 고개를 떨구고 말을 잇지 못했다

더 이상 묻지 못했다

사실은 요즘 나도 그러하다

꼭 그러하다

사랑은 슬프다

혼자서 접어야 할 때와 마음을 거둬들여야 할 때

너무 아프다

그래서 연습을 해야만 한다
아마도 오랜 시간이 걸릴 것 같다

– 고독 연습 (전문)

봄이/정분난 아내처럼 흘겨보며/ 바람 따라나서던 날을 생각하면 환장한다고 했다/

지천에 흘린 눈물 꽃이 강을 만들고/여름이/강을 건널 때도 심란함을 이루 말할 수 없다고 했다/가을이/질 때의 윤슬은/뜬눈으로 지새우는 흐느낌이라고 했다/겨울이/깊어지면 이미 지기 시작한다는 것을 알게 되는데/점점 가슴앓이가 길어진다고 했다' 봄이 여름이 가을이 겨울이 지나가는 동안 정분난 아내처럼 바람을 따라나서고 눈물 꽃을 만들고, 심란함을 만들고, 뜬눈으로 지새우며 가슴앓이가 길어지기 시작하는 동안 고독은 점점 뿌리가 깊어지고 줄기는 단단해지고 가지는 총총해질 것이다.

무슨 일을 하더라도 연습이 필요하지만, 고독이야말로 연습이 없이 닥치면 우울감과 상실감으로 이어져 자살에 이르는 가장 큰 위협이 되는 존재이다.

그래서 '연습'이 필요한 것이다. 오랜 시간을 견디고 익숙해져야 하는 가장 고약하고 끈질긴 존재이기도 하다. 놓지 않을 수도 놓을 수도 없는 그런 뜨거운 감정의 감옥이다.

바다 꽃이 피었다

바다의 향기를 가득 품고 내게로 왔다

오대양 육대주를 누빈 그의 몸에서

물고기들의 살 냄새가 싱싱하다

파도를 닮았던 그를

바람이 조리질을 하고

달이 어르고 달래며 살폈다

별을 닮은 꽃이 피었다

꽃이 닿는 곳마다

꽃의 성정이 스며든다

억센 것들의 태도가 바뀐다

상냥하고 부드러워 진다

상처와 상한 것들을 치료하고 더 이상 상하지 않게 한다

몸속 혈관을 따라 꽃물이 스민다

노폐물을 벗겨내고 길을 낸다

다시 의연히 걸어갈 수 있도록 힘을 준다

그곳에

해설

또다시 사랑의 꽃이 피어나고

우리의 이야기는 계속된다

그 속이 꼭 바다를 닮아있다

– 바다의 꽃 (전문)

　사람의 몸에서 바다 냄새가 난다니, 그는 어떤 사람일까? 그냥 생선 비린내 따위가 아닌 깊은 바다의 빛깔과 생명과 향기를 품은 존재를 가리키는 말이다. 아마도 그 생각과 깨달음의 깊이가 한 백 리쯤은 되는 깊이를 가져야 하지 않을까 생각한다.

　적어도 그 정도 깊이쯤에서 꽃이 피어나야 바다 꽃이라고 할 수 있지 않을까? 사람의 몸은 고작 7척을 벗어나지 못하지만, 그 내면의 깊이는 백 리가 되기도 하고 천 리가 되기도 하는 사람을 만나게 된다. 그 사람의 말의 거리를 따라 들어가고 생각의 길이를 따라 들어가다 보면 도무지 그 깊이를 헤아릴 수 없는 그런 경지에 다다를 때, 덩달아 마음이 치유되고 깊은 깨달음에 다다르게 되는 것을 느끼게 된다.

　아무리 작은 가슴이라도 그 내면은 우주를 담은 것보다도 큰 호수 하나가 살고 있을 수 있다. 사람의 빛과 어둠을 동시에 담고 가는 연민의 그릇이라면 가능한 일이지 않을까 싶다.

딸아, 올겨울은 유독 바람이 차구나
너도 그러하냐

겨울이 깊어 야멸찬데
매화나무는 물을 길어 올리고 있겠구나
겨울을 지나 청아하고 깊은 향기로 익어오겠지

기다려 보자
그리워하자
사모하자

바람이 매화나무 가지를 흔들어 준단다

바람아,
부디 향기로 오너라

딸아, 올봄엔 바람이 달았으면 좋겠구나

— 딸아, 너도 그러하냐 (전문)

　어머니가 보내는 주파수는 딸에게 수직으로 전달된다. 인류가 모계 사회에서 진화된 것처럼 이 세상 모든 어머니가 보내는 신호는 아들이 아닌 딸에게 수직으로 전달되어 그 신호를 읽고 세상을 경영하고 자식을 낳고 남자도 경영하고 우주의 질서를 세우는 것이다.

남자들은 절대로 이해하지 못하고 결정하지 못하고 해독하지 못하는 딸의 어머니로부터 내려온 문자가 있는 것이다. 그래서 엄마 김봄서는 딸에게서 온 메시지를 읽고 그 마음을 눈짓 발짓 손짓 심지어 표정과 감정으로 주파수를 보내 자신만의 모르스 부호를 탐색하는 것이다. 지나가는 바람에 실어 보내고 그 길로 알아듣고 답장을 보내오는 것이다.

그것이 이 땅의 어머니와 딸이라는 관계로 이어진 가장 진화된 인간의 영역을 나타내는 일이다.

건넛방에 그가 쉬 잠들지 못하고 있다
아이들이 하나 둘 장성하여 집을 나간 뒤 건넛방을
슬그머니 차지했다

인기척만으로 알만은 하지만
왜 그러느냐고 더 관여하기는 그렇다
뒤치락거릴 때마다 침대 관절 삐걱거리는 소리가 난다
마치 그의 관절에서 나는 것만 같아 여간 마음 쓰인다
초저녁부터 들락날락 태운 담배만 몇 개비인지 모르겠다

가끔 그가 그렇게 앓는다

그런데 요즘 부쩍 자주 앓고 있다

숭숭 바람 들고나는 소리가 새벽녘까지 멈추지 않고 있다

깜깜한 밤하늘에 담뱃불로 만든 별이 너무 빨리 지고 있는 것
이다

아침에는 무슨 인사로 기운을 돋굴까

……

오늘도 얼굴 보고 나서기는 틀렸다

모르는 척하는 것이 약이겠다

– 그가 앓을 때 (전문)

  시는 별종의 나라에서 온 것이 아니라 일생생활에서 온 것
이다. 우리의 평소 생활 안에서 쓰이는 말과 글에서 온 것이
다. 말은 내가 쓰는 것이고 그 말을 변화시켜 놓은 약속이 글
이다. 그 약속이 잘 지켜지고 그 속에 숨은 기호를 부여해 놓
았을 때 내가 숨겨 놓은 기호와 같은 동질성을 보일 때 공감
하게 되고 감동하게 되는 것이다.

  조병화 시인은 시가 말이고 말이라도 일상을 담는 그릇이
며 그릇은 유별난 그릇이 아니라 투박한 것이라도 일상에 깃
들여지면 된다고 했다.

  그러므로 시를 쓸 때 긴장을 갖기보다는 긴장을 푸는 듯하

해설

163

고 말의 깊이에 연연하기보다는 말의 흐름을 따라가는 것이 중요하다. 깊이는 그 흐름을 담고 이어가다 보면 저절로 깨닫게 되는 순리이다. 김수영의 말은 말 자체로서 까다롭지 않다, "일본의 지식인들은 소련에는 욕을 하지 않는다"거나 "소련을 생각하면서 나는 치질을 앓고 피를 쏟았다"나 "5·16 이후의 나의 생활도 생활이다" 등의 진술은 매우 상식적이고 평범하다.

그러나 김수영의 말은 일정한 부분에서 튀어 오른다. 이렇게 튀는 대목을 만나면 머리를 두들겨 패는 듯한 충격을 받게 된다.

그렇다. 시는 그런 일상 속에서의 비범함을 찾는 과정이 반복되는 것이다. 지나치게 일상을 읊조리듯 나열하는 것도 문제지만 지나치게 언어를 비틀어 희화화해 놓는 것도 심각한 오류가 아닐 수 없다.

일상의 언어로 그림을 그려지게 쓰는 것, 그것이 바로 시의 언어가 돼야 한다.

그런 점에서 김봄서 시인은 '빛과 어둠을 읽는 애달픈 언어의 빛깔'을 그려내는 중이다. 시는 삶에서 나온다. 삶에서 나온 노랫말이다. 그래서 유행가 가사도 시가 먼저요. 가곡도 시가 먼저 만들어져야 하는 것이다. 그 시 속에 삶이 생짜로 녹아 있어야 하고 간접적으로 그 감정이 느껴져야 한다.

그 삶의 건더기를 베 보자기에 꾹 짜고 나서 남는 것이 시가 되어야 한다.

시가 사람에게 물들고 사람이 시에 물들 수 있을 때 아름다운 동행이 되는 것이다. 아버지의 이름을 기억하고 어머니의 탯줄을 기억하며 사람의 무늬를 읽어내는 기호, 그것이 바로 시가 되어야 한다.

자연이면 자연, 사람이면 사람, 그 속에 담긴 끈끈한 메시지가 주파수를 타고 가슴에 들어올 때, 시는 살아 있는 물고기가 되고 시인은 비로소 숨을 쉬는 하늘의 이름이 되는 것이다. 그 고단한 여정에 들어서 빛을 주워 담으며 '빛과 어둠을 읽는 애달픈 언어'의 싹을 틔우고 있는 김봄서 시인의 슬프고도 깊은 연민의 무늬를 기억할 것이다.

별의 이마를 짚다

펴낸날 2019년 8월 14일

지은이 김봄서 | **그림** 진아x수풀림
펴낸이 주계수 | **편집책임** 이슬기 | **꾸민이** 김소은

펴낸곳 밥북 | **출판등록** 제 2014-000085 호
주소 서울시 마포구 양화로 59 화승리버스텔 303호
전화 02-6925-0370 | **팩스** 02-6925-0380
홈페이시 www.bobbook.co.kr | **이메일** bobbook@hanmail.net

© 김봄서, 2019.
ISBN 979-11-5858-574-7 (03810)

※ 이 도서의 국립중앙도서관 출판시도서목록(CIP)은 e-CIP 홈페이지(http://
www.nl.go.kr/cip)에서 이용하실 수 있습니다. (CIP 2019029558)